ÉLOGE

DE

BOILEAU.

Vers qui, à l'Institut, n'ont pas eu de prix, ni de mention honorable. (1)

Par M. BOHAIRE, ancien Avocat.

A PARIS.

M. DCCC. VIII.

ÉLOGE
DE BOILEAU.

PRIX PROPOSÉ PAR L'INSTITUT.

L'amitié d'un grand homme, est un bienfait des Dieux.
Castigat ridendo mores.

Du plus grand des auteurs, dans l'art de la Satire,
Je vais chanter la gloire..... aux accords de ma lire.
Muses ! empressez-vous de prêter vos accens ;
C'est pour un favori comblé de vos présens.
  Il parvint au sommet de la haute colline,
Et jamais satirique, en sa veine badine,
ne sut mieux observer de l'étroite équité,
La discrète influence, et son austérité.
  Illustre Despréaux, on doit souvent le dire,
Tu fus le souverain de la bonne satire.
De nos bons érudits, c'est toi qu'on peut citer,
Comme le vrai Phœbus, que l'on doit imiter.
  Mesurant dans ses vers, le nombre et la cadence,
Il avait des neuf sœurs la grâce et l'élégance ;
Le lecteur attendri, croyait voir Apollon
Qui conduisait Boileau sur le mont Hélicon :
Et Pégase étonné, pour son Dieu, pour son maître,
Le portant vers les cieux, semblait le reconnaître.
  Sa mesure et ses vers sont si bien cadencés,
Qu'ils forment des concerts..... qu'ils semblent nuancés
Des tons de la musique..... En sa verve hardie
Le récit pour lui seul, se scande en mélodie...

Telle on voit Philomèle, en roulant ses beaux sons,
D'un joli flageolet, des meilleurs violons,
Surpasser dans ses chants, le timbre et l'harmonie,
Et donner aux bergers, concert ou symphonie.

En écrivant, Boileau devient tant éloquent,
Que tout se change en or, sous son pinceau brûlant,
Un lutrin, un repas, l'embarras de la ville,
Tout paraît précieux sous sa plume fertile.
Il ne dédaigne rien, et ses descriptions
Riches de son génie, en donnent les leçons.

Plus on lit cet auteur, et plus on veut le lire ;
Il prouve sa candeur jusque dans la satire.
Voilà le vermeilleux, et du premier talent,
Le symbole certain ; en vain on est ardent
D'écrire et composer, c'est la seule nature
Qui forme d'un poëte, et l'art et la peinture.

Certain de ses succès, Boileau parlait sans fard,
Il fit voir qu'il fallait être né pour cet art ;
Or, le travail peut tout, avec autre science ;
Mais pour faire des vers, voilà la différence.

On doit s'en consoler et prendre son parti ;
De s'en fâcher, souvent on s'est bien repenti.
Subissant de son sort, la sinistre planète,
Il faut être honnête homme, étant méchant poëte (*).

La fortune et l'empire, et la protection,
Rien ne donne l'accès dans le sacré vallon ;
A leurs seuls favoris, les Muses trop crueles
Jettent quelques pinceaux, pour eux seules fidèles,
Elles brisent tous les traits des autres aspirans,
Par l'oubli tôt ou tard, on les voit expirans.

Et ce tyran..... Denis.... dans les feux de sa veine
D'applaudir à ses vers, en vain à Philoxène,
Commande en souverain : en vain de la prison,
Il veut ouvrir la porte ; en vain en furibond,
Il menace, ou promet..... mais sourd à ses prières,

(*) Voyez le n.° 2, des notes, pag. 12.

« *Qu'on me remène encor aux sombres carrières.....* »
Dit Philoxène au Roi... plus grand que l'Empereur.....
Quel exemple frappant pour tout mauvais auteur !

Détracteurs indiscrets du talent, du mérite,
Et vous! grands potentats! que souvent on visite,
Pour accueillir les vers d'un *Linière* ou *Pradon*,
Fixés sur Philoxène, observez sa leçon.

Dans l'Institut aussi, vrais juges de la gloire!
Couronnez le talent, respectez sa victoire.
Il s'agit de Boileau, les plus brillans succès
Ont frappé vos esprits !..... dans les affeux excès
De révolution, le but de la satire,
Est de bien étouffer, des vices, le délire,
Et de rendre au mérite un véritable accueil,
Qui de sa perte enfin, nous relève du deuil.

Vous ne pouviez mieux faire, en proposant l'éloge
Du fameux Despréaux..... et le martyrologe
Des Rollet, (2) des Cottin, doit nous guérir encor,
Des maux dont leurs pareils voudraient prendre l'essor.

Ce n'est pas que l'on doive, en censeur trop austère,
N'admettre à l'Institut pour collègue, ou confrère,
Que le savant par choix; suivant l'occasion,
Le ministre ou héros, l'homme d'état, profond,
Vous font considérer, donnent la convenance,
Qu'à l'Institut on doit pour former sa prudence,
Illustrer ses travaux, ménager son crédit,
Et donner justement, aux talens, à l'esprit.

Ainsi l'Académie, avec les plus grands hommes,
Plaçait l'homme ordinaire, et faibles que nous sommes,
On ne peut parvenir à la perfection;
L'indulgence est vertu, c'est mon opinion.

Despréaux, la Fontaine, et Corneille lui-même,
Evitant de l'orgueil, le dangereux système,
Disaient modestement comme font nos guerriers,
« Vers la Porte, toujours, nous laissons nos lauriers (3). »

Pauvres petits auteurs, que notre modestie
Des savans d'un tel siècle, imite, le génie!

Mais quel superbe siècle ! ! ! ô siécle dès Boileau,
Des Molière, et Racine, et Corneille, et Rousseau,
Fénélon, Bossuet, Colbert, Condé, Turenne.....
Il rappelle celui d'Horace et de Mécène.

Quel exemple pour nous, qu'elle émulation !
Pour tout littérateur, qu'un siècle aussi fécond !
Où les talens toujours, sur toute autre puissance,
Faisaient que dans le monde, on préférait la France.

Que *Bonaparte* vive, il saura de l'Etat,
Diriger en grand homme, et la gloire, et l'éclat ;
Un héros tel que lui, soit en paix, soit en guerre,
Devient par ses vertus, l'exemple de la terre.

Nous avons des guerriers, formons des bons auteurs,
Il nous faut des savans... d'illustres protecteurs,
Déjà montrant les traits de leur munificence,
Bientôt vont reparer les pertes de la France.

Revenons au sujet : l'énergique Boileau
A combattre le vice, exerça son pinceau,
Il préféra le sel de la bonne satire,
Mais il eut le talent, sur tout, de bien écrire.

On l'eût pris pour Virgile, en son joli lutrin,
Travaillant au sublime, il égala Longin,
Et comme satirique, il devint un Horace :
En vain par tant d'auteurs, suivant la même trace,
Négligeant trop son mode, il paraît dénigré,
Il restera longtemps sur le premier dégré.

Quant à moi, je l'avoue, il fut toujours mon maître,
Et c'est en l'imitant, que je me fais connaître ;
Gardons-nous de ces fats dont l'art décomposé,
Tâche d'insinuer que son genre est usé.
« *Tout Paris les a lus*.... mais veut-il les relire ? »
Il a pu s'amuser d'un trait de la satire ;
Il faut du caractère, et pour un mot méchant,
On n'est pas un Horace... un Boileau, bon plaisant.

De nous à cet auteur, ah ! ciel ! quelle distance !
J'en appelle aux lettrés... j'en appelle à la France.

Mon écrivain à moi, c'est toi, mon cher Boileau !!!

Pour bien versifier, il faudrait ton pinceau,
Et ton goût, et ton style ; en te lisant sans cesse,
On apprend à nager dans les eaux du Permesse.
Je te veux pour seul guide, et comme ce héros,
Nouvel Alcibiade (4), en blâmant les propos,
Je battrais volontiers le pédant téméraire,
Qui parlant contre toi, ne pourrait pas se taire.

    Sur Voltaire, ou Despaze (5), ou géant... ou vrai ....
Dans mes coups redoublés, j'irais toujours mon train.
N'est-il pas scandaleux qu'un génie..... un Voltaire.....
En critiquant Boileau, n'ait pas craint de déplaire ?

    Mais avec des talens, on n'est pas sans défaut,
Et flatteur de Louis , Zoïle de Quinaut (6).
Si Despréaux chanta l'un de nos grands monarques ;
Virgile, Homère, Horace, et tous les Aristarques,
Ont célébré les rois, ont vanté les héros,
Ou de Troye, ou de Rome, ou l'Esbos, ou Samos.....
On connaît les auteurs même dans la satire,
Qui pour les bien chanter surent très-bien écrire.

    L'art parut inventé, sur-tout pour ces héros
De Delphes, de Corinte, ou Colchos, ou Délos :....
Et de tous les pays du plus bel hémisphère,
Vantés par tant d'auteurs, et surtout par Homère.

    Si Boileau critiqua le trop fade Quinaut,
Je le dirai souvent, *on n'est pas sans défaut.*

    Or, Mons Despaze observe, en *sot qui n'est pas bé.*
Que notre satirique a travaillé de tête..... (7)
Pourquoi ne suit-il pas ce bon plan de Boileau ?
Il fairait preuve au moins d'un excellent cerveau,
Et malgré ce qu'il dit, Horace adroit, et juste,
Devait-il oublier son Empereur Auguste ?.....
Les vrais talens sont faits pour chanter les vertus,
Et Mars est triomphant pour adorer Vénus ;
Après tant de combats..... comme après la victoire,
Les vers et la beauté sont le prix de la gloire.

    Il est des vicieux qui devraient succomber
Sous le glaive des lois ; mais au lieu d'y tomber,

Si le crime triomphe, il faut que la satire
Nous en fasse justice, avec le droit d'écrire.

Sans être un sycophante, ou bien un vil flatteur,
Toujours loyal et franc, il faut qu'un bon auteur,
Du vice, ou des vertus, s'il veut parler, médire,
Soit juste, exact et vrai, partout, dans la satire ;
Qu'il signale un Jongleur, escroc au tribunal,
Qu'en étude ou bureaux, tel que soit l'animal
Qui nous ronge et dévore, il ait aussi son compte :
Tonnant contre l'usure, et pardonnant l'escompte,
On doit frapper, louer, n'importe les sujets,
Et du vice en tous points, démasquer les projets.

L'ignorance a son tour, un mauvais satirique
Mérite qu'en ses vers, on le glose et critique :
Dans toute Académie, ou dans tout Institut,
Tel que soit son crédit, il faut avoir pour but,
Et l'ordre, et les talens ! il n'est bon de médire
Que pour nous réformer ; sinon point de satire.

Du Thersite et Félon, brave et loyal censeur,
De tout noir Capanée, élégant persiffleur,
Qu'il ait dans la satire, ou l'aigû d'une épée,
Ou le fil d'un bon sabre, et comme en *Ménippée* (8),
toujours du plus grand prince, en prenant le parti,
Etant sujet fidèle, il soit assujetti
Le premier à l'honneur, aux mœurs, à la sagesse,
Et qu'il donne l'exemple, en tout, de la justesse.

Que de la calomnie, il jette le poignard,
Le stylet d'un feuilliste, et le faux de son art (9),
Sont peu faits pour sa plume ; il doit dans sa mémoire
Graver ces mots chéris : « *Mes vœux sont pour la gloire ;*
» *Et l'homme vertueux, ou bien, ou mal jugé,*
» *On ne me surprend point par aucun préjugé.* »

Tel était Despréaux, qu'il soit notre modèle ;
Il fut des vrais talens, l'ami le plus fidèle ;
Bien loin du récondit (10) et *du conglobata*,
L'amphigouri, jamais ne gonfla, ne gâta
De ses superbes vers, le sel et lustre attique.

Dans son style enflammé, quand il mord, quand il pique,
Sans être vénimeux, tous ses traits sont plaisans,
Soit qu'il gronde et gourmande, égréfins et pédans.
L'Esprit, l'Imbroglio brillent dans ses ouvrages,
Il peint d'après nature, en ses doctes images.

Avec lui simple et vrai, toujours on oublia
Tous ces grands mots : *Verba sesquipedalia...*
Et d'un beau négligé, souvent aimant le prisme,
Il ne voulut jamais du vain néologisme.

Un enfant le lirait sans cesse avec plaisir,
Tant il est naturel ! son unique désir
Etait la vérité, mais la vérité pure,
La vérité (11) sans fard, en sa noble parure ;
Il est vraiment classique, on retient tous ses vers :
N'y voyant jamais rien de faux, ni de travers,
Chacun de ses bons mots, récite les passages,
Et gagne en les citant, d'un cercle les suffrages.

Il ne confondait pas rossignols et pierrots,
Bien différent encor, de la plupart des sots,
Et des crapeaux surtout, dont la troupe profâne,
Croit flétrir Philomèle, en la montant sur l'âne (12).

Or, la reine du chant, à terre, ou vers les cieux,
Fait entendre toujours des sons mélodieux,
Tandis que le crapeau, ce reptile vorace
Exhalant ses poisons, et s'embourbe, et croasse.

Du talent, du mérite, honorant les vertus,
Despréaux distinguait le fat, et ses écus ;
Mais il n'excluait pas qualités et richesse,
Quand avec la science, il voyait la sagesse.

Boileau savait choisir pour louer et blâmer,
Et loin par un intrus, de se laisser charmer,
Il ne prodiguait point les beautés de sa Muse,
De boutique, ou de port, pour une grosse buse (13) ;
Il distinguait aussi Marsias et Phœbus ;
Un sot eût pris ses vers, pour du méchant rebus.
A Corneille, à Patru, Racine, ou bien Molière
Eût-il donc préféré le Païs, ou Linière ?

On le vit dédaigner d'être un vil turlupin,
Molière avait joué ce comique enfantin,
Et pour ne pas déplaire à cet illustre maître,
Boileau dut craindre encor d'être mesquin et traître.
   Philosophe sensible, et critique savant,
D'un gille saltimbanque, ignoble et malfaisant,
Il méprisait les airs...... dans sa morale pure,
De son ame céleste, on voyait la droiture.
   Tartufe, ou Pénaillon, Capucin, ou Prélat,
Il savait définir un hypocrite, un plat.
Et sur l'honneur secret de remplir des promesses,
Il ne se fiait point à l'amour pour les messes :
Non pas qu'il eût mépris de tout être dévôt,
Qu'il voulût comparer, avec un vrai cagot,
Un pieux magistrat ; mais en tout, l'apparence,
D'un bon religieux, n'est pas la révérence.
Plus d'un maître filou, pour tromper au palais,
A la messe, un seul jour, n'aurait manqué jamais ;
Or, Despréaux notait tous ces sots hypocrites
Et *la marote en main*, (14) fessait les cénobites.
   Il gourmandait de même un impie, un roué
Avec sa messaline, ou toute autre phriné.
S'il occupait sa verve à réprimer le vice,
Pour opprimer le faible, il n'entrait pas en lice.
   Le gros Sardanapale, et Fesse-Matthieu,
Le Sbire, et Publicain mettaient sa bille en feu.
Les défauts, les forfaits, tout vice à caractère,
De notre satirique, éprouvaient la colère.
De tous mauvais plaisans, il frondait les discours,
Et d'un menteur hardi, les perfides détours.
Civil, et d'un bon ton, s'il s'armait de caustique,
C'était pour mieux polir le campagnard rustique.
   O Despréaux ! c'est peu d'imiter tes écrits,
Ayons les sentimens dont les anciens récits
Signalaient ton bon cœur.... juste, modeste, affable,
Tes amis, tes rivaux, (15) envers tous secourable;
Et généreux, et probe, on ne peut en douter ;

D'après tous les rapports, on pourrait l'attester;.....:
Si par quelques erreurs, tu blessas la justice;
Trouvez-nous un mortel, exempt du moindre vice...
Tu fus, nous as-tu dit, très-peu voluptueux,
Ha! sur ce dernier point, je suis bien plus heureux!!!
Mais sans choquer les mœurs, et par fois, au parnasse,
Je bois avec Phœbus, à-peu-près comme Horace. (*)

   Pour faire de bons vers, ne boire que de l'eau,
N'être pas verd-galant, il faut être un Boileau...
Enfin, pour te louer, il suffirait de lire,
Tes écrits enchanteurs, ode, épitre et satire,
Ton bel art poëtique, et ton charmant lutrin,
Les éloges pompeux d'un heureux souverain
Qui d'illustres lettrés, protégeant la science,
Sut immortaliser l'Empire de la France.
En toi, d'un bon auteur, il reconnut les traits,
Et d'un bon maître en tout, les célèbres portraits.

   Le prix de l'Institut, manquait à ta mémoire,
Fixé pour tes vertus, il ajoute à ta gloire.

(*) *Le chancelier de l'hôpital, s'écriait: « O malheureux? dont*
» jamais les pieds n'ont foulé les sentiers du Parnasse, et qui ne
» s'y sont jamais abreuvés aux eaux de Castalie! » S'ils pouvaient
savoir quelle liqueur douce et pure, elles font couler dans les veines
d'un poëte, ils cesseraient de m'accuser de puérilité.... parce que je
fais des vers . . . . . ; ils ne préféreraient plus leurs occupations
aux miennes ! ! !.

NOTES.

(1) Le prix a été proposé en l'an 9. J'ai concouru. Depuis j'ai corrigé et augmenté ; je pense toujours que la première édition méritait quelques égards. Quoiqu'il en soit, il m'a été fait des objections.—Par exemple, j'avais observé que la versification de Boileau était si poétique ! qu'on ne pouvait se dispenser d'en lire les vers sans les chanter en quelque sorte ; mais il y a *chanter*, et *chanter* ; ici, comme je le répète, c'est la force de la poésie.—Du temps même de Boileau, Racine aussi l'un de nos plus mélodieux poëtes, notait encore ses vers pour la déclamation de la Champmêlé. Ce chant à bien prendre, existe toujours ; pour être dans nos mœurs, moins *criart*, moins affecté, il n'est pas moins sensible.

On trouvait aussi dans ma première édition plusieurs des *car* dont j'ai parlé déjà dans mes notes sur l'éloge de Dumarsais ; on a vu que malgré mon impartiale neutralité sur ces *car*, je les ai pourtant supprimés, tout en regrettant deux vers de ma façon, ou je les crois bien placés, les voici :

« *Car après les combats, car après la victoire,*
» *Les vers et la beauté sont le prix de la gloire....* »

On a vu, ou l'on verra encore comme j'ai refait ces deux vers..... Voy. pag. 7.

(2) *Des Rollet.* De la part d'un ancien procureur ! Quelle impartialité ! ou plutôt quelle ingénuité !..... Des bandits n'ont que trop profité de ce que je n'étais pas un *Rolet*....

(3) *Laisser en entrant ses lauriers à la porte.....* C'était effectivement ce que disait le grand Corneille.

(4) Alcibiade donna un soufflet à un maître, pour n'avoir pas Homère dans son école.

(5) Voyez l'avant-propos de M. Despaze sur ses quatre satires. Collection des Satiriq. du 18.ᵉ siècle, par Colnet,

tom. 4, pages 6 et suivantes.—Du reste, M. Despaze n'est pas sans mérite; il fait même aussi beaucoup de cas de Despréaux; mais quand à sa distinction, que notre Satirique travaillait plus de tête que de cœur, outre que cette distinction m'a paru une petite chicane, ne tiendrait-elle pas un peu à une sorte de rivalité?.... Voilà ce qui m'a choqué. Mais de ma part, ne serait-ce pas aussi trop trancher du Pindare, il était irascible, comme tout poëte, *Genus irritabile vatum. Antenor*, tom. 5, page 238.—Ne suis-je pas moi-même un anti-Boileau, sur bien des rapports?.... En effet Boileau a fait de Damon, un grand auteur, victime de la fortune; moi, j'en ai fait un mince auteur, on ne peut pas mieux traité par la fortune. Il a mis en bons vers un mauvais dîner. Moi, j'ai célébré, peut-être en méchans vers, un excellent repas. Il a écrit sur les embarras et les désagrémens de Paris; moi, je me suis extasié sur les agrémens de Paris.—Il s'est égayé contre le mariage et les femmes : moi, j'ai prôné, chanté, l'himenée et les femmes.—Il a turlupiné l'homme; moi, j'en ai fait en quelque sorte, une seconde divinité..... Le principal serait, diront les bons plaisans, que pour la cadence et la mesure, je ne fusses pas un anti-Boileau..... Nous sommes d'accord...... Qu'elle modestie !....

(6) Ce vers est de Voltaire.

(7) Voyez le n.° 5.

(8) *La Satire ménipée.*

(9) Il est des journalistes honnêtes et sensés, on doit en convenir.... Mais un auteur fort connu, lui, disait: « Il » faut que les journalistes soient parens ou confrères de » tous les plus mauvais auteurs, pour etc. »....

(10) *Néologisme.* Tout en le persifflant, l'auteur n'en donne-t-il pas lui-même l'exemple?... Comme le sonnet de l'entiléchie de Ronsard. Les *sesquipedalia verba* de Chapelain, et de Thomas. *Le Conglobata* de Céruti. Le *Récondit* de Didrot, le Couplet amphigourique de Collé,

l'Esprit, *l'imbroglio* de la Folle journée de Baumar-
chais etc... Quelle affectation ! dira-t-on ?... *Ecce iterum
crispinus....Obscurum, per obscurius*, au moins c'est
Lycophron, ou maître Aliboron....

(11) C'était donc comme au *Jury*, la vérité, toute la
vérité....

(12) *Manière de s'exprimer.*—Allusion à une caricature
inventée, dit-on, pour punir, vilipander quelques chefs
de prolétaires, grossiers, jaloux, insolens, qui, en carnaval,
dans une des provinces de l'Angleterre, il y a bien longtemps, s'étaient oubliés au point de faire monter sur l'âne,
plusieurs persounes distinguées par leurs talens, et leurs
vertus.— Cette caricature réprésente d'un côté, un rossignol
monté sur l'âne par des pierrots, des troupes de crapeaux,
de serpens et d'autres reptiles croassaus et sifflans.—
D'un autre côté, on voit Philomèle enlevée par Pégase, les
Cieux ouverts pour la recevoir, et des groupes de flammes,
foudroyer et le grison, et les reptiles vénimeux, etc....

(13) L'auteur en révolution, n'a-t-il pas eu lui-même
boutique et *port*? Plus d'une fois, il a trouvé dans ces
lieux, le séjour des grâces, et du vrai mérite ; plus d'une
fois aussi, il ne l'a pas oublié dans ses Œuvres.—Mais
dira-t-on encore, ces poëtes, ces auteurs, savent si bien
gaser tout, que souvent avec eux, comme dans Voltaire,
une *vachine, est leur Circé, leur Didon, leur Alcine....*
Mais aussi n'est-il pas certain que ce n'est pas toujours
dans les palais, dans les châteaux, que résident la beauté
et les grâces ?.... Les chaumières, les chalets, seraient-
ils donc sans aimables bergères, ou pastourelles ?..... prin-
cesse, ou simple grisette, celle qu'on aime est toujours
la plus belle.....

Enfin, Sancho ne le dit-il pas ? Il n'est point de sots
états, mais bien de sottes gens....

(14) *La marote en main, les grelots de la marote.* Expres-
sions des auteurs Guyétaud et Roi, Sat. 18. S. *Marote,
ridiculum sigillum* servir de marote, *esse ludibrio.* Rich.

(15) Sa tendre sollicitude, son zèle pour faire continuer la pension du grand Corneil.... Sa bienveillance, envers Linière, en dépit de ses chansons.... Sa discrète et grande générosité pour le célèbre avocat Patru, etc....

P. S. Je ne me répéterai point sur les injustices des Académies, relativement aux prix ; voyez mes notes sur l'Eloge de Dumarsais. Si tant de célèbres auteurs les ont proclamées, ces injustices, il faut pardonner aux cris des victimes ; la Satire *est le complément des lois contre le vice. Apologie de la Satire, par D. Guerle*, si son genre est aisé, certes, ce n'est pas celui des Horace, Boileau, etc.... Et pour terminer sur la moralité de toute Académie, pouvons nous avancer rien de plus, que tous ces auteurs ?... Celui du Dict. des 5. S. au mot *Abeille*, prouvant que l'Académie a toujours été un objet de plaisanterie. — Mme de Tencin, sœur du Cardinal de ce nom, formant une ménagerie, de ses membres les plus renommés.— Boileau la traittant de *Topinamboue. Choix d'Epigrammes par Colnet ; page* 44. — Racine dans ses rimes en *ates* contre ce même *Abeille*, dont voici les quatre derniers vers.

> Enfin digne aspirant entrates
> Chez les quarante beaux esprits ;
> Et sur eux-mêmes, l'emportâtes
> A forger d'ennuyeux écrits.

Dict. 3. S. toujours au mot Abeille. Mais pour Piron !.!!. *ha! c'était un libertin*......Aurait-on préféré de le voir ladre, lâche, ou frippon ?..... Ce lui-là a donné le coup de grâce,.... avec tant de justesse, que tout véritable Poëte devrait refuser d'entrer à l'Institut, si ce n'est sous la condition formèle de faire ordonner et prononcer en pleine Académie, une amende honorable, annuelle et perpétuelle, en présence, ou en face même du Buste de Piron, qui resterait toujours au centre de l'Assemblée pour voir en quelque sorte expier éternellement l'immortelle iniquité de ceux qui se trouvaient alors les *Illustres* mèneurs du Lycée......,

ERRATA.

Dans deux nouveaux ouvrages de l'Auteur.

Épître au Prince Cambacérès et deux Satires l'une, *Damon*, ce mince Auteur, etc.

Et l'autre, *c'en est donc fait ma verve*, etc.

Page 12. Au lieu de *L'inriguant*, lisez *L'intriguant*.

Page 9. Le monarque *donna*, lisez *donne*.

Page 20. Au lieu de *Cléricanx*, lisez *Cléricaux*.

Page 31. Au lieu de voy. le n.° 24, lisez le n.° 25.

Page 32. Au lieu de voyez le n.° 14, *lisez* n.° 13.

Id. Au lieu de n.° 18 lisez 19.

Épître au Prince le Brun, et deux Satires, l'une *en faveur de l'homme*, et l'autre *pour le mariage*, et *l'épouse*.

Page 3. Au lieu de pour *me perdre en tout*, lisez *et pour me perdre aussi, l'on fit*, etc.

Page 5. Dépriser *des* lisez *les*.

Page 6. Au lieu de *l'ame*, lisez *lame*.